20 Décembre 84

VENTE POUR CAUSE DE DÉPART

HOTEL DROUOT, SALLE N° 8

Le Samedi 20 Décembre 1884

MEUBLES — CURIOSITÉS

BIJOUX — ARGENTERIE — PORCELAINES

BRONZES D'AMEUBLEMENT

FOURRURES — DENTELLES — VICTORIA

EXPOSITION PUBLIQUE

LE VENDREDI 19 DÉCEMBRE 1884

DE 1 HEURE A 5 HEURES

<table>
<tr><td>COMMISSAIRE-PRISEUR</td><td>EXPERT</td></tr>
<tr><td>Me Paul CHEVALLIER</td><td>M. Charles MANNHEIM</td></tr>
<tr><td>10, rue Grange-Batelière, 10.</td><td>7, rue Saint-Georges, 7.</td></tr>
</table>

IONO ADDITVS NATVRÆ
IMPRIMERIE DE L'ART

CATALOGUE

DE

MEUBLES ET CURIOSITÉS

Armoire vitrée, style Louis XIV ; Console et vitrine en bois doré

Meuble de Salon en tapisserie, de l'époque Louis XVI

Ameublement de chambre à coucher
Bibliothèque — Armoire ancienne, etc.

BIJOUX — BRILLANTS — ARGENTERIE

Porcelaines de Sèvres, de Saxe, de Chine, et plusieurs services en Sèvres

PENDULES ET BRONZES D'AMEUBLEMENT

Régulateur de Lépine ; Pendule Louis XVI ; Lustre, etc.

Tableaux

Fourrures ; Dentelles ; Garde-robe ; Victoria, etc.

DONT LA VENTE AURA LIEU

Pour cause de départ

HOTEL DROUOT, SALLE N° 8

Le Samedi 20 Décembre 1884

A DEUX HEURES

Par le Ministère de M° PAUL CHEVALLIER, commissaire-priseur

10, rue de la Grange-Batelière, 10

Assisté de M. CHARLES MANNHEIM, expert, 7, rue St-Georges

EXPOSITION PUBLIQUE : Le Vendredi 19 Décembre 1884

DE UNE HEURE A CINQ HEURES

CONDITIONS DE LA VENTE

Elle sera faite au comptant.

Les adjudicataires payeront *cinq pour cent* en sus des enchères.

L'exposition mettant le public à même de se rendre compte de l'état des objets, il ne sera admis aucune réclamation une fois l'adjudication prononcée.

Paris. — Imp. de l'Art. E. Ménard et J. Augry
41, rue de la Victoire, 41.

DÉSIGNATION DES OBJETS

BIJOUX

1 — Broche : grosse améthyste décorée d'une tête d'Égyptienne en émail peint sur or, et enrichie de roses. Entourage de perles et de brillants.

2 — Bracelet en or, orné au fermoir de trois boutons de corail avec brillants.

3 — Épingle de cravate, tête de lion en or ciselé et perle fine.

4 — Petite montre d'or en forme de mandoline.

5 — Bague d'or avec cabochon émeraude.

6 — Bague d'or avec rubis entre deux brillants.

7 — Bague, anneau d'or avec rubis et deux brillants.

8 — Bague avec turquoise.

9 — Bague avec cinq diamants-tables.

10 — Bague à fleuron de sept brillants.

11 — Montre d'or à cadran émaillé, marquant les divisions de l'heure, les quantièmes, les mois, de *Bréguet, à Paris*.

12 — Grosse montre en argent, à réveille-matin, de *Lepaute, à Paris*.

13 — Montre d'or à remontoir.

14 — Bague avec rubis et deux roses.

15 — Chaîne de col en or.

16 — Pince à cigarettes en or.

17 — Épingle à boule en émeraude.

18 — Porte-mine en or.

19 — Porte-plume en argent.

20 — Étui à cigarettes en filigrane d'argent doré.

21 — Étui à cigarettes en argent.

22 — Autre en argent niellé.

23 — Porte-monnaie en argent.

24 — Autre, forme montre, argent niellé.

25 — Briquet argent, fer à cheval.

26 — Parure chinoise en filigrane d'argent à fleurs et oiseaux en relief, collier, broche, pendants d'oreilles et bracelet.

27-28 — Talismans, turquoises gravées à inscriptions.

29 — Grosse topaze brûlée.

30 — Une autre topaze.

31 — Une autre.

32 — Six pièces de toilette, canne de bal, couteaux.

33 — Deux éventails à monture de nacre.

ARGENTERIE

34 — Surtout de table en argent à ornements ajourés.

35 — Deux porte-cure-dents en argent ciselé, formés d'un chien de chasse monté sur double socle à fleurs et rinceaux en relief.

36 — Deux porte-cure-dents en argent, formés de dragons.

37 — Corbeille à pain en cristal à ornements dorés avec monture en argent ciselé.

38 — Plateau à bord contourné en argent doré et monté sur trois petites boules.

39 — Pince à asperges en argent.

40 — Six porte-tasses en argent.

41 — Douze couteaux de table à manches d'argent.

42 — Douze couteaux à déssert à manches d'argent.

PLAQUÉ, RUOLZ

43 — Deux légumiers à ornements en relief.

44 — Chariot à vins fins composé d'un treillage de pampres, de chez Christofle.

45 — Théière à ornements en argent.

46 — Bouilloire sur réchaud.

PORCELAINES

47 — Deux vases ovoïdes et à deux anses en porcelaine de Sèvres, forme Empire, fond bleu de roi à rehauts d'or.

48 — Service en porcelaine de Sèvres à filets dorés et au chiffre de Napoléon III.

49 — Service à thé en porcelaine de Sèvres, décoré en dorure et au chiffre de Louis-Philippe.

50 — Deux vases couverts, à deux anses, en porcelaine à fond rose et décor à portrait, monture en bronze.

51 — Plateau losange en porcelaine de Sèvres, pâte tendre, décor d'oiseaux, bordure turquoise cailloutée d'or, sur pied en bronze.

52 — Deux vases à couvercles, médaillons à fleur et portraits, fond turquoise, monture en bronze.

53 — Deux bols Chine, décor à fleurs et papillons.

54 — Deux figurines : le Jardinier et le Fleuriste, en porcelaine genre Saxe.

55 — Deux consoles d'applique en même porcelaine.

56 — Quatre compotiers à décor de guirlandes et de rubans bleus, avec pieds en bronze.

57 — Deux cafetières en ancienne porcelaine de l'Inde.

58 — Une aiguière de forme persane, avec bassin en porcelaine de Saxe Marcolini, à décor de fleurs et fond jaune.

59 — Aiguière de même forme, en Saxe Marcolini, à fleurs et fond bleu.

60 — Deux compotiers octogones, en porcelaine du Japon.

61 — Grand plat rond, en porcelaine décorée au fond d'un gros bouquet et sur le marli de médaillons à fleurs.

62 — Soupière ovale en Saxe, à décor d'oiseaux et bordure d'imbrications roses; le couvercle surmonté d'une figurine d'enfant.

63 — Vase ovoïde à couvercle en porcelaine gros bleu, avec monture, anses, pied et guirlandes en bronze.

64 — Trois compotiers en Chine blanc, à arabesques et inscriptions en dorure.

65 — Quatre petites tasses et porte-tasses en Saxe Marcolini, à fleurs et dorure.

66 — Deux tasses à arabesques d'émail blanc, Chine.

67 — Cafetière en porcelaine d'Allemagne à décor chinois en dorure.

68 — Deux plateaux oblongs en porcelaine tendre à décor de réserves à fleurs sur fond rose, monture en bronze.

69 — Service à thé en porcelaine moderne de la Chine.

70 — Tasses et soucoupes en Saxe, à décor d'oiseaux et de fleurs.

71 — Tasses et soucoupes en porcelaine de Sèvres.

72 — Service de table à filets et ornements dorés.

73 — Six raviers en porcelaine décorée à médaillons de fleurs et d'oiseaux en réserve sur fond turquoise.

74 — Plusieurs assiettes en porcelaine de Sèvres, variées de décors.

75 — Plusieurs assiettes en porcelaine à décor de sujets mythologiques et marli ornés d'ornements dorés.

TABLEAUX

76 — H. Picou. Le Bain des sultanes.

77 — R. Gourdon. Les Bûcheronnes.

78 — École moderne. Femme à sa toilette.

79 — École moderne. Marine.

80 — Passe-partout contenant seize paysages et vues de villes à la plume et à l'aquarelle.

81 — Cadre en bois sculpté.

OBJETS VARIÉS

82 — Nécessaire de voyage, garniture argent.

83 — Balance de précision d'Exupère, à Paris ; elle est placée sous une vitrine à cage en bois noir reposant sur une console.

84 — Grand jeu d'échecs à damier en ivoire, fixé sur une table incrustée de cuivre et d'étain.

85 — Lunette d'approche en cuivre doré, à quatre allonges rentrant dans un cylindre décoré de fleurs dorées sur fond vert.

86 — Cave à liqueurs.

87 — Coffret octogone en bois rose garni de plaquettes de porcelaine à fleurs en relief et d'ornements rapportés en bronze.

88 — Coffret à bijoux en bronze ciselé et doré et à glaces biseautées.

89 — Coffret à bijoux en cuivre argenté et doré à trophées rustiques en relief.

PENDULES ET BRONZES D'AMEUBLEMENT

90 — Régulateur à gaine en acajou de *Lepine, horloger du roi, 1780*, à multiples cadrans marquant les heures, les quantièmes, les mois, le lever et le coucher du soleil, les phases de la lune, etc.

91 — Belle pendule Louis XVI en bronze ciselé et doré, de Mathieu l'aîné, à Paris. Le cadran, surmonté d'une corbeille de roses et accoté de deux belles guirlandes, repose sur l'entablement d'un portique à huit colonnettes cannelées. Cet entablement et le soubassement sont en marbre orné de festons de feuillages en bronze doré.

92 — Pendule en bronze ciselé et doré et socle en marbre blanc. Modèle à consoles, vase et guirlandes.

93 — Deux girandoles à trois lumières en bronze, de style Louis XV.

94 — Grande pendule Louis XIV, bois noir à figures, chutes, et pieds en bronze.

95 — Pendule Louis XV en marqueterie de cuivre garnie de cuivres et accompagnée de sa console d'applique.

96 — Garniture de cheminée en bronze ciselé et doré, de style Louis XVI : pendule à consoles, surmontée d'un vase à flammes et montée sur double socle en marbre blanc ; candélabres formés de vases à têtes de béliers, surmontés d'un bouquet à neuf lumières et reposant sur socle en marbre blanc.

97 — Lustre de salon en bronze doré, de style Louis XVI, à deux rangs de bras et garni de cristaux.

98 — Pendule de voyage à sonnerie, de Gauthier, à Paris.

99 — Deux porte-bouquets en cristal sur pieds en bronze doré.

100 — Pendule bronze et marbre noir.

101 — Pendule Empire, bronze doré.

102 — Baguettes et moulures en bronze doré, de
l'Empire, et ornements de salon.

MEUBLES

103 — Ameublement de salon : un canapé et six
fauteuils, en bois doré, recouverts en tapisserie,
du temps de Louis XVI, les dossiers à médaillons
contenant des figures, les sièges à sujets d'ani-
maux, tirés des fables de La Fontaine.

104 — Vitrine étroite, posée sur une console, en
bois sculpté et doré, de style Louis XV.

105 — Console Louis XVI, demi-lune, en bois
sculpté et doré et à dessus de marbre blanc.

106 — Deux écrans dorés sur trépied à console,
feuille à bouquet, en tapisserie au point, broderie
de perles et velours en relief. Style Louis XVI.

107 — Quatre rideaux en satin vieil or, orné de
broderies de soie à fleurs, avec galeries et lam-
brequins.

108 — Six rideaux en damas rouge.

109 — Quatre rideaux en damas rouge.

110 — Deux autres à rayures.

111 — Quatre rideaux en laine et soie fond vert.

112 — Bibliothèque en bois noir, la base à deux vantaux pleins, le milieu à abattant recouvrant les tiroirs, le haut à deux portes vitrées.

113 — Vitrine à hauteur d'appui en bois noir et à trois portes.

114 — Quatre chaises de salle à manger, bois noir, couvertes en cuir.

115 — Guéridon en marqueterie de bois.

116 — Grande armoire Louis XV.

117 — Armoire d'encoignure en acajou et palissandre.

118 — Armoire à deux portes vitrées et tiroirs dans le soubassement, en bois de placage quadrillé et garnie de moulures et de grosses charnières en cuivre de style Louis XIV.

119 — Fauteuil bois doré recouvert en tapisserie à l'aiguille.

120 — Ameublement de chambre à coucher en bois sculpté à moulures noires, lit, table de nuit et toilette.

121 — Meuble de même ornementation, à deux vantaux pleins, dessus en marbre griotte et glace à cadre garni d'étagères.

122 — Chiffonnier en palissandre.

123 — Trois consoles dorées.

124 — Une machine à coudre.

125 — Deux étagères palissandre.

126 — Bureau ministre en noyer.

127 — Fourrures et dentelles.

128 — Sortie de bal en hermine.

129 — Garde-robe de femme.

130 — Victoria à huit ressorts, capitonnée en satin bleu.

RED. :

15

MIRE ISO N° 1
NF Z 43-007
AFNOR
Cedex 7 - 92080 PARIS-LA-DÉFENSE
379.08.70
graphicom

0 1 2 3 4 5 6 7 8 9 10

BIBLIOTHEQUE NATIONALE DE FRANCE

****

CHATEAU DE SABLE

1996